Faut-il qu'il m'en souvienne

Paule Mahyer

© 2021 Paule Mahyer
Édition : BoD – Books on Demand,
12/14 rond-point des Champs-Élysées, 75008 Paris
Impression : BoD - Books on Demand, Norderstedt, Allemagne
ISBN: 9782322251100
Dépôt légal : Mai 2021

PROLOGUE

J'ai posé sur ma mémoire le tamis du temps. Sont restés à la surface les brins multicolores des souvenirs d'Enfance et de Jeunesse, d'autres sont tombés au fond et je n'ai pas désiré fouiller dans ces trous noirs.

La joie venait toujours après la peine…

(Guillaume Apollinaire *Sous le Pont Mirabeau)*

MEMEE

Chez Mémée

Crise du logement oblige – en cette période d'après-guerre – mes parents n'avaient qu'un petit deux-pièces tandis que ma grand-mère, veuve, disposait d'un grand appartement dans la même rue, je fus élevée principalement chez celle-ci jusqu'à l'âge de neuf ans. Ma mère, sa fille, était très rigoriste et insistait sur le respect des préceptes : « ne la couche pas tard, veille à ses fréquentations... ». Mémée, heureusement, n'en faisait qu'à sa tête. Chez elle, la vie commençait dans la soirée. On mangeait une bonne soupe, bien épaisse, confectionnée avec les légumes cherchés « entre chien et loup »chez le primeur du quartier, occasion de bavarder avec le marchand et de meubler la solitude, puis on se mettait au lit et ,elle me racontait des histoires de loups, brodant sur des contes bien connus et s'endormant avant de livrer la fin de l'histoire ce qui faisait un suspens pour la prochaine soirée ;elle se livrait avec moi à un petit rituel avant le coucher : « rien sous le lit ? »Vérification indispensable pour conjurer la peur entraînée par ces contes sans l'annuler tout à fait (« l'ennemi » pouvait se cacher ailleurs !) car elle faisait partie du récit « palpitant » ! Quand je fus un peu plus grande, j'écoutais avec elle la radio.

A la radio, on captait une chaîne suisse qui diffusait « Les Vaudois » dont les blagues étaient parfois assez lestes mais la grand-mère ne s'en souciait pas car « une enfant ne comprend pas tout ». Cette radio tombait malheureusement souvent en panne, soit à cause du faible voltage du courant (en 110 volts dans ces années-là), soit du matériel défectueux. On faisait alors appel à un voisin électricien qu'on attendait comme le Messie. Bien qu'alcoolique toujours « entre deux vins », il trouvait néanmoins assez de discernement ou d'empirisme pour nous la remettre en marche. Ouf, on pourrait écouter « Le théâtre OMO », sponsorisé par une marque de lessive. Ces *pièces de boulevard* n'étaient sans doute pas faites pour une gamine de mon âge mais, comme pour les blagues vaudoises, ce n'était pas grave puisque je ne comprendrais pas tout ! Du théâtre, on en avait aussi au sein même de l'immeuble ! On était *aux premières loges* pour suivre les avatars de certains de ses habitants. Au troisième étage, la femme du propriétaire était obèse et impotente ; quand elle tomba malade, il fallut la « treuiller » par la cage d'escalier jusqu'à l'ambulance. Bercée par les contes, j'imaginais que c'était en dévorant de la « chair fraîche » que cette « ogresse » était devenue si grosse ! J'interceptais aussi des « cancans »sur la locataire du premier étage qui « fricotait » avec le propriétaire : ce terme évoquait pour moi le domaine culinaire et je ne saisissais pas bien pourquoi on l'assortissait de sous-entendus scabreux : « Cette Solange n'est pas un ange, plaisantaient les voisins ». D'autres habitants déploraient la conduite de leur fille qui s'était « amourachée » d'un garçon qui s'était introduit auprès de sa belle en cassant la vitre du vasistas des toilettes ! La mentalité bien-pensante y voyait un acte de vandalisme qui ne pouvait provenir que d'un voyou. Pour moi, au contraire, c'était une preuve d'amour digne d'un Romeo escaladant le balcon de sa Juliette. Cependant je gardais pour moi ces réflexions, sachant que je devais rester à l'écart de ce genre de conversations.

À l'écart, je l'étais aussi quand je devais accompagner ma grand-mère dans ses visites à ses amies. Celles-ci ressemblaient aux vieilles dames caricaturées par le dessinateur Faizant : chignon gris, vêtements noirs, air revêche. La plupart du temps, j'étais ignorée par elles qui tenaient des propos de « grandes personnes » sans intérêt pour moi. Certaines avaient un jardin où je me réfugiais, le peuplant d'êtres invisibles auxquels je m'adressais, faute de compagnons de jeux de mon âge. Mais il y avait toujours une interdiction et une occasion de me faire réprimander. Chez l'une, c'étaient des ruches dont je ne devais pas m'approcher, même pour la simple observation de leurs habitantes ; chez une autre, les allées du jardin m'étaient interdites de peur que mes semelles de chaussures ne laissent des traces qui dégraderaient l'ordonnance impeccable des rangées du potager. Ma marge de manœuvre était très réduite et je subissais souvent les reproches sévères de la vieille institutrice qui nous recevait. Le moment du goûter aurait pu constituer une pause des hostilités mais j'appréciais peu les pâtisseries sucrées habituée au « pain-fromage » de la grand-mère. La délivrance arrivait à la fin de la journée. Des fenêtres de l'une, on voyait le pont qui menait aux usines s'illuminer d'une guirlande de lampes des cyclistes qui rentraient du travail, pareille à celle des décorations de Noël ; au retour de chez une autre, fatiguée par un long trajet pour mes petites jambes, je décomptais, grâce aux lampadaires urbains qui jalonnaient le parcours, la distance qui me séparait du foyer familial. Courage, plus que deux et on serait arrivé !

Certains soirs, il fallait se plier à la cérémonie de « la grande toilette » avant d'aller au lit. Dans cet appartement où le confort moderne n'avait pas encore fait son apparition, elle consistait dans l'utilisation d'un grand baquet avec arrosage au broc, ceci dans la cuisine car c'était la seule pièce chauffée par un fourneau rougeoyant de sa nourriture de charbon. « Mémée, c'est trop chaud – ou trop froid ». J'avais beau crier, pas d'écoute pour les petites douillettes. Au lit, seule la bouillotte réchauffait nos pieds glacés car il n'était pas question de chauffage dans une chambre ! Je me laissais facilement convaincre car le feu évoquait pour moi un horrible incendie dont nous avions été témoins en rentrant à la tombée de la nuit. Des flammes énormes sortaient des cheminées du Grand Hôtel comme de la gueule d'un dragon. « N'aie pas peur, les Pompiers sont là ». En effet, les « soldats du feu » pareils à des chevaliers avec leurs lances et leur char arrivaient et je ne doutai plus que ces héros ne puissent maîtriser le monstre. Cependant, cet incendie m'avait traumatisée et, quand je voyais la cuisinière rougeoyer, je m'inquiétais. « J'ai une assurance-incendie, me rassurait mon aïeule ». J'étais convaincue qu'il suffirait d'invoquer cette protection pour voir ressurgir comme par magie les valeureux chevaliers-pompiers !

L'armoire comtoise

Dans la chambre se trouvait une majestueuse armoire comtoise. Je ne savais pas à l'époque que c'était un meuble recherché par les antiquaires et seul son contenu m'intéressait. Quand on ouvrait ses portes pour « aérer », on voyait apparaître comme sur une scène de théâtre de somptueuses silhouettes : c'étaient des robes de bal sur des cintres portées autrefois par ma grand'mère à l'occasion de soirées de gala de l'entreprise où travaillait mon grand-père. J'étais fascinée par les couleurs célestes ou épicées des tissus de satin ou d'organdi, les garnitures de dentelle et de paillettes. Je demandais à la grand-mère si j'aurais un jour la permission d'en porter de semblables avec la secrète pensée de me servir dans cette garde-robe merveilleuse. Elle répondait invariablement : « Quand tu seras grande ». Cette armoire *à souvenirs* fut conservée jusqu'à sa mort. À son décès, on fit venir un antiquaire pour estimer l'objet car mes parents préféraient s'en défaire, n'ayant pas la place pour accueillir chez eux ce meuble inutile ; en revanche, le montant de la transaction *mettrait du beurre dans les épinards* de leur modeste budget. Avec une naïveté enfantine, je me risquai à demander : « Et les robes ? – On les a débarrassées, on n'allait pas garder des fripes mangées par les vers, répondirent mes parents ». Cette réponse me causa un double chagrin. D'une part, ces tenues de rêve avaient disparu, d'autre part, je n'osais imaginer l'état de dégradation que le temps leur avait infligé. Si seulement d'un coup de baguette magique, j'avais pu leur rendre leur aspect antérieur et les préserver du *vandalisme* parental !

Sens dessus dessous

Le séjour chez Mémée ne me laisse pas que de bons souvenirs. Elle se définissait comme « une dure à cuire » et pensait que la rigueur formait le caractère. Elle appartenait à une génération endurcie par la guerre et les privations et tout superflu lui apparaissait comme une dépense inutile et une source d'amollissement. Elle voulait transmettre à sa petite fille ses principes rigoureux. J'eus à souffrir de leur application en particulier dans le domaine vestimentaire. Cela peut paraître bien anodin mais j'étais à cet âge où être habillée comme les autres est le sésame indispensable pour l'intégration à un groupe. Les fillettes de mon âge portaient en hiver des cagoules achetées dans le commerce. Ma grand-mère ne se rendait pas compte que j'étais complexée de ne pas avoir accès à cet accessoire et continuait à me forcer à porter un bonnet tricoté à la main. Réfractaire aux nouveaux usages, elle avait cédé à contrecœur au port du pantalon acceptable seulement en hiver. On l'appelait : *grande culotte* aussi, à son avis, était-il inutile de porter un sous-vêtement : n'était-ce pas une *culotte* ? Pourquoi faudrait-il en ajouter une *petite* en-dessous. Ce raisonnement me valut d'éprouver une honte dont je garde encore le souvenir aujourd'hui. Lors d'une visite médicale à l'école, je fus très embarrassée d'expliquer que je ne pouvais pas me déshabiller parce que je ne portais pas de sous-vêtement. Comme j'aurais voulu ce jour-là pouvoir me montrer en *petite culotte* comme les autres élèves ; j'enviais même celle, tachée du brun d'un caca, de l'une d'entre elles !

Je gardai le silence sur cet épisode douloureux, convaincue que ma grand-mère ne comprendrait pas ma critique. Elle ignorait les nouvelles tendances vestimentaires et englobait tout dans son mépris pour un suivi moutonnier de la mode.

Faut-il qu'il m'en souvienne

Le sac à pièces

Mémée ne se séparait jamais de son *sac à pièces*. On appelait ainsi un cabas noir, constitué d'une marqueterie de losanges : *les pièces,* raccordées entre elles par des agrafes métalliques. Ma grand-mère s'en servait pour les courses dans son magasin favori *Les docks francs-comtois*. Elle était fière de le remplir à ras bords, s'enorgueillissant de ce signe extérieur d'ascension sociale pour une fille de cordonnier immigré mariée à un cadre de l'usine qui lui avait assuré l'aisance financière. Un état d'esprit *nouveau riche* s'alliait en elle à la peur de manquer, héritée de son milieu d'origine et de la guerre. Elle entassait des piles de draps dans les armoires, du sucre dans les placards... et des provisions dans son cabas qui, une fois devenue veuve, devinrent bientôt disproportionnées par rapport à ses besoins. Mais elle devait soigner son image de vieille dame aisée et redoutait de passer pour *économiquement faible*, qualificatif qui lui rappelait trop la pauvreté de ses origines. Tant que je fus élevée chez elle, cela fut possible de justifier l'abondance de ses achats mais quand mes parents qui avaient pu se loger dans un appartement plus grand me prirent chez eux, il lui fallut trouver un débouché à ses denrées pléthoriques. Elle voulut être une sorte de *mère nourricière* pour sa fille, ma mère, mais celle-ci acceptait mal cette attitude pour plusieurs raisons : une raison économique « Je n'ai pas une famille nombreuse, juste un mari et une fille », et surtout une raison personnelle : la fierté de se débrouiller toute seule sans dépendre d'une mère plus riche ou de goûts qui n'étaient pas les siens. Avec l'inconscience de la jeunesse, je m'alliais à ma mère pour repousser cette aïeule envahissante qui repartait courbée sur son cabas trop lourd qu'elle n'avait pu suffisamment décharger chez nous. Pour éviter ces *invasions* on lui avait acheté un petit réfrigérateur mais elle continuait à disposer les denrées périssables sur le rebord de sa fenêtre de cuisine, ce qui était relativement efficace en hiver mais insuffisant quand venait la belle saison : le lait caillait, les provisions s'abîmaient mais cela lui était indifférent puisqu'elle avait l'habitude de ne rien perdre et trouvait toujours un moyen d'utiliser les denrées. Elle avait été la première de ses amies à avoir la télévision et les invitait pour partager une émission ou un spectacle, puis, avec le progrès, toutes s'en étaient dotées également et les visites avaient cessé. Quant à celles de la famille, réduite à mes parents et moi, cela n'était pas indispensable puisqu'on habitait à proximité. Elle aurait souhaité cependant que je vienne déjeuner chez elle de temps en temps. J'ai le cœur serré en repensant à mes refus, prétextant des nécessités scolaires (horaires, travail) en fait, pour ne pas manger en tête à tête avec une vieille femme dont la conversation ne m'intéressait plus et dont les aptitudes culinaires se dégradaient par manque d'entraînement puisqu'elle n'avait plus personne à inviter. Je me sens responsable du déclin qui suivit. La grand-mère se mit à manger à même la casserole, s'alimenta de plus en plus mal jusqu'au jour où elle ne fut plus capable de cuisiner « À quoi bon pour moi toute seule ? » et qu'on la fit déjeuner à notre table. Toujours sans pitié et heureuse de renverser les rôles, je la réprimandais « Mémée, tu tiens mal ta fourchette » sans me rendre compte qu'elle s'acheminait vers une dégénérescence que notre attitude impitoyable accélérait encore.

Les rôles s'inversaient. La jeunesse faisait la leçon à l'ancienne génération... Et ainsi de suite. Sa fille, ma mère, devint à son tour ma *petite fille* quand elle fut incapable de se débrouiller toute seule. Et moi, le même sort m'attend certainement.

Notre civilisation dite *occidentale* n'a pas le culte des ancêtres comme celles de l'Asie ou de l'Afrique. Chez nous, les anciens sont ghettoïsés, stigmatisés pour leur inutilité depuis que la retraite les a effacés du monde des actifs. « Plus tard, tu comprendras... » Soufflons-nous à nos enfants. Mais plus tard, nous ne serons plus là...

La Houillotte

Mes parents n'ont jamais eu les moyens d'acquérir une maison. De maison, je ne connus que celle du beau-frère de ma grand-mère où celle-ci était invitée à passer une quinzaine de jours avec sa petite fille (moi) à la fin de l'été avant la rentrée de septembre. Le beau-frère travaillait à Paris et ma grand-mère et moi avions « quartier libre » dans cette grande maison et ses dépendances (jardin, hangar, poulailler…) jusqu'à son retour et celui de son ami avec lequel il partageait la demeure. Je ne savais rien à l'époque de ces amitiés masculines et j'ignorais que c'était l'ami qui était le propriétaire en titre, ce qui fut une découverte douloureuse à la mort de mon grand-oncle…mais ceci est une autre histoire ! Tandis que ma grand-mère meublait la journée par des bavardages avec la femme de ménage ou préparait le repas du soir, j'étais livrée à moi-même et à ma solitude : pas d'enfant de mon âge dans ce quartier de banlieue où les plus jeunes travaillaient à Paris et où ne restaient que les retraités cultivant leur petit potager ou soignant leurs volailles et leurs lapins.

Jardin et dépendances

Le jardin m'intéressait peu, domaine des fourmis et des araignées, objets de mes phobies enfantines. J'allais chercher de la compagnie auprès des bêtes élevées pour la consommation. Les poules avec leur caquetage stupide m'agaçaient ; les lapins, en revanche, avaient toute ma tendresse. Je passais de longues heures dans leur local, essayant de les caresser à travers les grilles de leur cabane, ce qui était formellement interdit par mon grand-oncle. Ce local contenait aussi des réserves de grains pour les volailles et j'aimais plonger mes mains dans les sacs de blé dont la fraîcheur et le doux roulis sur ma peau me ravissaient. Dans un coin du jardin, se trouvait un petit bassin avec des carpes et des poissons rouges, seuls animaux qui n'étaient pas destinés à la consommation !

Dans la maison

L'intérieur de la maison était mon domaine favori. Je le peuplais d'*Invisibles* avec lesquels je conversais, m'inventant un âge ou une profession d'adulte et vivant une sorte de vie par procuration : j'étais une maîtresse d'école, une vedette de cinéma, une directrice de quelque chose, toutes identités qui m'assuraient un pouvoir dont, petite fille docile, j'étais privée par une éducation rigoriste. Je ne pouvais pas cependant me livrer en toute liberté à mon imagination. De nombreux interdits planaient sur mes jeux. La plus belle chambre -celle de l'ami de mon oncle-meublée en style *grand siècle*-ne faisait pas partie, *hélas,* du périmètre autorisé. Comme je regrettais de ne pouvoir m'y établir avec ma cour d'*Invisibles* en me prenant pour une princesse de sang royal ! Je devais me contenter de pièces plus ordinaires ce qui ne me mettait pas non plus à l'abri de punitions. Un jour, dans un souci de réalisme, j'avais plongé ma poupée dans la baignoire et laissé couler l'eau imprudemment. Je faillis causer un dégât des eaux et je fus à l'avenir interdite de salle de bains sauf pour les soins essentiels de toilette.

L'aménagement intérieur reflétait la différence sociale entre ses deux habitants. L'ami de mon grand-oncle avait des revenus confortables en tant que chef du rayon-vaisselle dans un grand magasin parisien. Cela permettait de déguster (il était aussi fin gourmet) des produits raffinés : truffes, caviar, servis dans les plats qui faisaient partie de pièces déclassées (léger défaut ou sortie de catalogue) des services prestigieux mis en vente dans son rayon. Notre parent n'était qu'une sorte de « vassal » préposé au jardinage et à la cuisine du samedi (l'ami restait à déjeuner au restaurant). C'étaient des frites, dont la cuisson *malodorante* était reléguée sur un réchaud dans la buanderie, nourriture certes sans noblesse mais qui réjouissait nos palais, nous qui étions entre nous *citoyens de bas étage* (la grand-mère, son beau-frère et moi), heureux d'échapper aux prescriptions du maître de maison : position de la fourchette, dépose du couteau sur le porte-couteau, « outils » spécialisés pour chaque mets. Ma grand-mère elle-même se faisait réprimander comme une enfant si elle avait oublié de mettre le nécessaire à poissons quand ce plat figurait au menu ! Lors de réceptions d'amis (ceux du *maître de maison*), tout un protocole mondain – ou qui se voulait tel – se mettait en place : apéritif au salon pour commencer, fumoir pour terminer (cigares pour les messieurs, cigarettes parfumées pour les dames). On écoutait ensuite de la musique : surtout des extraits d'opéras dont mon oncle, autodidacte curieux de culture, me racontait l'histoire tandis que ma grand-mère réclamait des chansons d'Yvonne Printemps dont elle raffolait. Cela permettait d'échapper aux conversations ennuyeuses d'autres convives qui préféraient parler politique et reconstruire le monde. La fillette que j'étais était fascinée par ce train de vie des classes privilégiées. Les biens matériels représentaient pour moi à cette époque les principales composantes du bonheur et j'avais hâte d'en profiter aussi !

Tout ceci prit fin à la mort des deux occupants : d'abord l'ami – le propriétaire –, puis notre parent, inconsolable, qui se suicida. À part quelques meubles, livres et objets personnels, tout appartenait à son compagnon plus fortuné et, comme celui-ci n'avait pas de famille, tout fut légué à des amis qui, ne pouvant assumer les frais de succession, mirent la maison en vente. Les quelques biens de notre parent furent rendus à sa nièce, ma mère, ou bradés dans une brocante. Telle fut la triste fin de *La Houillotte*. Je n'osais imaginer cette chère demeure, peuplée de mes rêves d'enfant, débitée en lots sous la pioche des démolisseurs, les murs intérieurs livrés en pâture aux quolibets des curieux : « Quel mauvais goût cette copie de tableau de maître avec ces deux angelots ; elle ornait sans doute le mur de la chambre où ils faisaient leurs ébats, s'exclamaient-ils avec un mépris rigolard ! ». Une maison vidée de ses occupants étale avec impudeur les mœurs de ceux qui l'ont habitée ! Je ne revins jamais sur ces lieux, préférant garder le reflet de la splendeur passée de *La Houillotte* sur le miroir sans tain de mon souvenir.

UNE PARTIE DE CAMPAGNE

Je n'ai jamais eu le goût de la campagne et me suis toujours sentie profondément citadine. Je me demande parfois si cette aversion n'a pas pour origine des séjours que je passais dans ma jeunesse avec ma grand-mère dans un village du Jura où elle avait quelques liens familiaux Nous étions accueillies chez des cousins éloignés ou plutôt des « cousines » : une grand-mère, sa fille et sa petite fille (les deux premières, veuves, car les hommes mouraient jeunes à la campagne) nous hébergeaient dans leur masure au sol de terre battue, de plain-pied avec la cour où s'ébattaient des poules. Nous couchions, ma grand-mère et moi, dans une des chambres partagée avec la cousine la plus âgée. Ce n'était pas facile de dormir dans ce lit haut-perché avec son duvet de plumes si calorique en été qu'il fallait supporter, faute d'endroit où l'entreposer, les ronflements de la vieille femme, l'odeur surette des pommes qui mûrissaient au-dessus du placard et celle-beaucoup moins agréable-des cabanes à lapins qui jouxtaient la paroi voisine. Je partageais dans la journée leurs occupations. Une fois par semaine, un bus embarquait les cousines – mère et fille, la grand-mère ne se déplaçant plus – avec d'autres paysannes pour la ville où se tenait un marché. Le caquetage des femmes se mêlait à celui des poules qu'elles allaient vendre. Les achats consistaient en blouses ou tabliers, revêtus comme un uniforme en semaine ou plus rarement – en raison du coût – en robes pour la messe du dimanche ou une fête de famille.

Un dimanche à la campagne

La messe était la grande affaire du dimanche matin. Le prêtre se déplaçait dans les différentes paroisses selon des horaires. Les édiles offraient le pain qui serait béni au cours de l'office, mettant ainsi en valeur leur générosité et parlant davantage à l'imagination naïve des paroissiens (le pain, n'est-il pas le corps du Christ ?) que de simples hosties. La messe était dite en latin, langage inconnu de la plupart, mais ponctué avec conviction par les répliques apprises par cœur des fidèles. Des chants entonnés par des voix grêles de jeunes filles et accompagnés à l'harmonium nasillard complétaient la prestation.

L'autre grande « affaire » du dimanche pour ma grand-mère et moi était l'invitation chez les cousins « les riches ». Cette branche de la famille était beaucoup plus aisée : elle était composée d'un patriarche, maire « à vie » du village, de ses enfants et de ses gendres. Ceux-ci avaient quitté la terre pour des professions plus lucratives et stables : gendarmerie, SNCF... mais les champs étaient encore cultivés et des vaches paissaient dans les prés car il n'était pas question de renoncer à ces signes de notabilité et de propriété. Le repas commençait au retour du chef de famille et des « hommes » après qu'ils eurent accompli le rituel de l'apéritif dans le bar d'un village voisin. Ayant enchaîné « tournée » sur « tournée », ils arrivaient tard et on les attendait pour se placer car il y avait un ordre « protocolaire » : le patriarche présidait en bout de table tandis que les autres membres de la famille occupaient les faces latérales, là aussi selon une disposition convenue. À chacun de nos passages, nous avions droit à la visite commentée des nouveaux aménagements « modernes ». Tandis que les femmes montraient avec orgueil réfrigérateur et appareils ménagers, je me réjouissais de voir la maison pourvue de toilettes intérieures, succédant avec bonheur à la cabane en planches derrière la maison, dont l'installation sanitaire consistait en un trou débouchant directement sur un petit ruisseau. Odeurs et insectes s'ajoutaient à l'inconfort des lieux. Moustiques, taons, et mouches étaient légion dans cette région humide et montraient un appétit particulier pour ma peau que n'avait pas endurcie le contact avec le soleil et les éléments atmosphériques. Après le déjeuner, je préférais rester dans la salle à manger, prêtant une oreille distraite aux conversations des femmes cancanant sur des voisines ou échangeant à voix basse sur des « histoires de bonnes femmes » tandis que les hommes allaient fumer à l'extérieur ou rigolaient bruyamment de grosses blagues salaces. Je garde un souvenir pénible de ces visites dominicales où, étant la seule fillette, personne ne s'intéressait à moi et durant lesquelles je m'ennuyais copieusement.

Scènes de la vie ordinaire

Les autres jours, j'accompagnais la plus jeune cousine au « château » où elle gardait l'enfant de la riche propriétaire. On faisait un détour par l'oseraie, seule richesse de ces pauvres femmes, jalousement entretenue et surveillée. C'était un coin charmant traversé par un petit ruisseau qui gazouillait, apportant une note de gaîté dans ces journées où on ne se parlait guère : caractère taciturne de la cousine et manque de sujets communs de conversation. Au retour, toujours le même rituel : je lisais dans la cour, dérangée seulement par le passage des poules sous ma chaise. Ma grand-mère papotait avec les cousines proches d'elles par l'âge et feignait un intérêt poli pour les nouvelles d'autres membres de cette famille éloignée qu'elle avait perdue de vue. Celles-ci consistaient souvent en décès des hommes qui avaient trop abusé de l'alcool ou que les travaux des champs avaient épuisés. Une fâcheuse habitude avait consisté pour eux à arroser dès le matin leur pause de cette « gnôle - maison » qui dépassait en degrés toutes les normes et qu'ils « bouillaient » eux-mêmes avec les fruits récoltés (des cerises, des prunes…). Des travaux de maçonnerie pour agrandir ou améliorer leur habitat s'ajoutaient souvent à leur rude journée de travail. Ainsi les veuves étaient en nombre dans ces villages et vieillissaient dans la pauvreté, édentées, faute de consultation chez le dentiste, coiffées d'un chignon maigrichon pour rassembler des cheveux qui ne voyaient pas le coiffeur. Dépourvues des soins de la coquetterie, elles me paraissaient toutes vieilles quel que soit leur âge.

Faut-il qu'il m'en souvienne

  Ces séjours campagnards me laissent une impression d'ennui que j'avais hâte de surmonter en revenant à la ville. Ce que d'autres auraient considéré comme des nuisances : les bruits, la circulation, l'agitation des allées et venues pour le travail ou pour les courses me paraissaient préférables à l'atonie de la campagne.

  Pour moi : *Le retour à La Ville* était *le retour à La Vie…*

LES SUJETS TABOUS

L'argent

Dans ma jeunesse, les « grandes personnes » établissaient un rempart entre leur monde et celui de leurs enfants. Elles se retiraient pour parler argent, naissance, couple, décès, politique...

Mes parents s'isolaient pour discuter des comptes du ménage. Je ne devais pas connaître le montant de leurs revenus. Néanmoins, j'en avais bien une petite idée en observant par exemple, les écarts qui se faisaient sentir à la sortie des écoles. Tandis que les filles des « nantis » étaient attendues par leurs parents dans une voiture, nos mères venaient nous chercher à pied dans leurs habits de tous les jours, sac à provision à la main. L'achat d'un véhicule neuf était un luxe incompatible avec des ressources modestes comme les nôtres et la honte m'habitait quand mon père me déposait devant le lycée le samedi avec sa vieille voiture d'occasion avant d'aller jardiner. Il ne fallait surtout pas qu'on le vît avec ses bottes de caoutchouc et son allure d'ouvrier agricole ! Les loisirs séparaient aussi les différentes couches sociales. On n'avait pas les moyens de faire du tennis, du ski ou de l'équitation et on se consolait en jetant le discrédit sur ces activités de « riches » en les taxant de *snobisme*. « Les raisins étaient trop verts », n'est-ce pas ?

Le corps

Tout ce qui concernait le fonctionnement du corps était abordé à voix basse et faisait parfois l'objet d'un questionnement anxieux. Il fallait avant tout éviter l'hôpital et la mort inévitable qui était au bout ! Tout épisode de constipation fut sujet à de multiples interrogations depuis qu'un aïeul était décédé d'une *occlusion intestinale*. Il fallait s'assurer qu'*on allait bien* au sens du dix-septième siècle ! Dans leur ignorance naïve, les adultes avaient confondu ce banal phénomène digestif avec la cause exacte du décès de l'ancêtre qui était un cancer de l'intestin !

D'autres conversations confidentielles avaient lieu entre adultes à propos de naissances, mariages, problèmes féminins... Pour les mariages, les confidences embarrassées portaient sur les *régularisations* c'est-à-dire, comme je l'appris plus tard, quand la jeune femme avait eu des *rapports* avec son petit ami avant le mariage. Cela s'accompagnait de propos malveillants : « une jeune fille *comme il faut*, on n'aurait jamais cru cela d'elle ! A qui se fier ? ». À cette époque, pour les familles *convenables*, point de salut en dehors du mariage, même si les conséquences de cette régularisation hâtive débouchaient plus tard sur un divorce, qu'importe, les apparences étaient sauves et l'honorabilité préservée ! Le *mariage* – même dans les familles peu pratiquantes comme la mienne – était une attestation obligatoire de *bonne conduite*. Ma mère avait rougi violemment quand, suite à la lecture d'un fait divers, je lui avais demandé naïvement ce que voulait dire *concubins* ; devant son embarras, je n'avais pas répété ma question et cherché par moi-même. Pour les grossesses, naissances, les commères se délectaient de récits de *fausses couches*, *forceps*, *présentation par le siège*... et j'en concluais avec effroi que la réussite banale d'une naissance était une exception... D'autre part, on évoquait toujours avec terreur les douleurs de l'enfantement. C'était à vous dégoûter de mettre au monde des enfants ! À cette époque, un film *Le cas du docteur Laurent* était sorti pour militer en faveur de l'accouchement sans souffrance. Beaucoup de voix « bien pensantes » s'étaient mobilisées contre ce cinéaste mécréant qui rejetait le précepte respecté de la Bible : *Tu enfanteras dans la douleur*. De toute façon, mes parents ne me laissèrent pas voir le film sous prétexte que c'était un sujet pour adultes et qu'il montrait *En direct* un accouchement. Quelle horreur !

Plus tabou encore était *L'avant-naissance*. On était certes des *oies blanches*, mais on n'était pas complètement naïves. Pour une naissance, il fallait bien qu'il y eut un *rapport*. Avec ma meilleure camarade d'école, nous faisions notre enquête, puisant des renseignements dans des bribes d'œuvres littéraires (Madame de Sévigné avait raconté sa nuit de Noces dans l'une de ses lettres…), ou dans des magazines, mais la pruderie qui régnait à l'époque rendait cette enquête peu fructueuse. Nos sens n'étant pas encore éveillés, nos découvertes occasionnaient un dégoût des pratiques sexuelles du monde adulte et écornait l'image de nos parents. Comment, eux, si pudibonds, avaient-ils pu se livrer à cet *accouplement bestial* qui était à l'origine de notre naissance ? Cela, nous n'arrivions pas à l'imaginer ! Et maintenant, faisaient-ils encore l'amour, appliquaient-ils la méthode *Ogino* pour éviter une naissance non désirée, quand avaient-ils eu ce genre d'ébats ? (on prêtait l'oreille du côté de la chambre parentale mais on ne surprit jamais aucun bruit).

La dissimulation de tout ce qui avait trait à l'intimité du corps nous concernait aussi. La puberté allait bouleverser notre vie. Nos mères nous en faisaient un tableau effrayant rempli d'avertissements sur le danger de perdre notre virginité. Dans des familles prudes comme les nôtres, il fallait arriver vierges au mariage, garder notre *hymen*. Quel était donc le second sens de cet *hymen* que nous connaissions seulement à travers nos études de grec ancien comme synonyme noble de *mariage* « O Hymen, O Hyménée » entonné par les chœurs dans les pièces de théâtre? Nos recherches sur le dictionnaire – et non nos parents – nous apprirent qu'il désignait une mystérieuse membrane à l'entrée du vagin et qu'elle était intacte jusqu'à la première pénétration du *mâle*. Avec quelques frémissements féministes, nous ressentions l'injustice de ce *certificat de virginité* exigé pour les filles alors que, pour les garçons, on parlait comme d'une initiation valorisante au monde des adultes le privilège de *jeter sa gourme*. Mais, pour l'instant, nous étions surtout préoccupées par la gêne que représentaient les *règles* dans notre vie scolaire. De plus, toutes n'y parvenaient au même âge et les premières *formées* cachaient leur état ces jours-là, honteuses d'apporter à leur professeur de gym un billet d'exemption. Le *jetable* n'avait pas encore fait son apparition et les *protections* en éponge n'étaient pas très discrètes ni exemptes d'une fuite désastreuse ! Ces jours-là, on se sentait sales, malades (des douleurs accompagnaient parfois cet état). On parlait à voix basse d'indisposition, bref, le temps n'était pas venu de plaisanter sur *les ragnagna* et nous regrettions notre insouciance de fillettes impubères.

L'adolescence mettait à mal notre coquetterie féminine. Des boutons apparaissaient sur notre visage, la myopie qui nous affligeait parfois était compensée par des lunettes inesthétiques : pas question pour nos parents d'investir dans des modèles plus luxueux puisque la vue changeait tout le temps à nos âges et que des gamines n'avaient pas à se montrer coquettes ! On était donc pourvues de gros verres en « cul de bouteilles » qui nous faisaient traiter de *binoclardes* par les privilégiées qui en étaient exemptes. Nous étions impatientes de devenir adultes et d'imiter ces créatures de rêve : miss locales ou starlettes de couvertures de magazines aux « yeux de biche » à la silhouette divinement mince et au teint mis en valeur par un subtil maquillage !

En revanche, nos seins étaient un objet de fierté. Nous observions avec espoir la progression de leur taille. Nous étions impatientes d'arborer un soutien-gorge, ce symbole de féminité. Notre poitrine était encore bien menue et nous lorgnions avec envie sur les renflements pigeonnants du corsage de la prof de géographie : *Vivement qu'on ait une plus grosse poitrine* ! Nos mères faisaient parfois un déni de notre transformation en femmes et se refusaient à nous acheter l'accessoire convoité. La mienne, par exemple, ne me dotait toujours pas de ce sous-vêtement féminin et, n'osant le lui réclamer, j'utilisais celui d'un maillot de bain pour mettre en valeur mes formes naissantes. Ma mère s'en aperçut lors d'un déshabillage en voyant un curieux tissu orange (c'était la couleur du maillot) apparaître dans l'échancrure de ma sage petite chemise de coton blanc. Contrairement à mon appréhension, elle ne me gronda pas pour cette dissimulation et promit de m'en acheter « un vrai ». Ce furent les mêmes réticences pour le port d'un pantalon, jugé trop aguicheur pour les regards masculins. Jusque-là, ce vêtement n'était porté qu'en hiver pour lutter contre le froid. En mettre un en été ne paraissait pas *convenable* sans nécessité climatique, de plus trop moulant et donc provocateur. Je fis une infraction à cette règle lors d'un séjour de vacances proposé par le comité d'entreprise de mon père. Des amis de mes parents qui participaient à ce voyage furent mandatés pour m'encadrer et veiller à ma moralité (j'avais 20 ans et l'âge de la majorité était fixé à 21 ans à cette époque). Des excursions étaient prévues sur des sentiers escarpés et il fallait une tenue adaptée. Je n'avais que des robes dans mes bagages et, prise au dépourvu, je mis un bas de pyjama sobre et bien coupé qui pouvait passer pour un pantalon. Des photos furent prises que je montrai, au retour à mes parents, oubliant le discrédit jeté sur cette tenue. En me voyant ainsi vêtue, ils crurent que j'avais fait un achat sur place et se contentèrent de critiquer cette dépense inutile pensant que je ne porterais pas ce vêtement subversif dans mon lieu habituel d'habitation !

Un autre épisode de ces préventions parentales concernait *les hauts talons*. Vers mes 14 ans j'aurais aimé pouvoir porter des escarpins pour accéder au statut de *jeune fille*. Je pouvais caresser cet espoir d'autant plus que j'étais grande pour mon âge et qu'on trouvait avec difficulté ma pointure (39), dans la gamme fillette. Mais c'était compter sans le désir de mes parents de ne pas me voir grandir trop vite. Ils finirent par m'équiper d'horribles souliers plats qu'on baptisait avec raillerie : *chaussures de bonne sœur*. Il fallait me résigner : je n'étais qu'une gamine, pas une jeune fille ! Bientôt, l'apparition des *ballerines* mit toute la gent féminine – si je puis dire – sur *un pied d'égalité* ! Néanmoins, nos parents continuaient à nous considérer comme des *Petites Filles* et le monde des *Grandes Personnes* ne nous ouvrait pas encore ses portes. Il ne fallait pas « brûler les étapes »

Écoles de filles

La séparation entre filles et garçons à l'école jouait un rôle non négligeable dans la méconnaissance du deuxième sexe. Le lycée public de filles était situé dans un quartier différent de celui des garçons. En revanche, il se trouvait en face d'une institution religieuse réservée au sexe masculin. Quand nos professeures – en majorité des « vieilles filles » selon la formule de l'époque pour les femmes célibataires – surprenaient notre inattention en cours, elles l'attribuaient automatiquement à l'observation des classes de garçons dont les fenêtres donnaient juste en face des nôtres. Cette curiosité *malsaine* donnait lieu à des réprimandes outrées de la part de ces vierges effarouchées, toutes semblables avec leurs voix haut perchées, leurs vêtements stricts, leur posture rigide... Une équipe de surveillantes du même acabit réglait la discipline dans les couloirs : pas de bousculade ni de tenue *inappropriée* ; chaque semaine, elles veillaient à ce que la blouse *cache-tout* soit de la couleur imposée : rose ou bleue selon le numéro de la semaine. Les infractions au règlement étaient sévèrement punies : retenue, retrait de *tableau d'honneur*. Nos parents d'origine modeste qui rêvaient pour leurs filles d'une situation meilleure que la leur, grâce aux études prenaient fait et cause pour les enseignantes qui, selon eux, avaient toujours raison dans les récompenses comme dans les sanctions. Les notes étaient une obsession permanente pour l'ambition des *bonnes élèves* que nous devions être. Ce *Tout pour l'école* excluait toute attirance pour l'autre sexe. Dans nos familles à la morale frileuse, le flirt n'était pas admis. Même jusqu'à l'âge d'entrée au lycée, nos mères nous accompagnaient, voulant nous éviter à tout prix la rencontre des garçons dont des vélos « suiveurs »empruntaient la même route avant de bifurquer vers leur lycée. C'était l'époque des « Ballets Roses » qui débouchaient souvent sur des grossesses non désirées auxquelles un avortement mettait fin (la pilule n'existait pas et la Suisse frontalière accueillait cette pratique). Ces bals étaient fréquentés par des filles de familles riches qui, le cas échéant, auraient ensuite les moyens de « réparer les dégâts ». Nos parents craignaient de nous voir sombrer dans ce dévergondage bien que la fréquentation de ces bals ne soit pas à la portée de notre milieu modeste mais c'était un « épouvantail » de plus à brandir pour empêcher les dérives du sexe !

Cet *apartheid Filles / Garçons* continua dans les classes préparatoires aux grandes écoles que je fréquentai ensuite : la mixité n'existait que dans les cours et, en dehors, nous étions tenues à l'écart de toute approche de l'autre sexe. Lors de nos *permissions de sortie* dûment justifiées : inscription à un examen, visite médicale, nous appréciions vivement les sifflements admiratifs de la gent masculine sur notre passage et même les interpellations trop familières de certains : cela nous rassurait sur nos pouvoirs de séduction pour *plus tard* quand, munies de nos diplômes et d'une bonne situation, nous pourrions enfin affronter *la vraie vie*. Les revendications féministes n'étaient pas encore si affirmées qu'aujourd'hui et ces attitudes nous flattaient plutôt. En attendant, nos *cerbères* – les surveillantes d'internat – célibataires pour la plupart, *mal baisées* ou *pas baisées du tout* veillaient sur nous et prenaient un plaisir sadique à préserver notre virginité. C'était juste avant 1968 et leur pouvoir s'écroula à l'arrivée de nos successeurs. Fin de l'*apartheid* ! Mais pour nous, le dommage était fait :

Jeunesse volée, Jeunesse envolée !

Faut-il qu'il m'en souvienne

Silence de mort

Enfin le sujet le plus « tu » était l'ultime étape de l'existence :

La Mort

Les enfants étaient tenus à l'écart de tout ce qui l'accompagnait. Je me souviens du mystère autour de la chambre mortuaire de mon grand-père quand j'avais quatre ans. Tous mes *pourquoi* demeurèrent sans réponse : la glace voilée, l'obscurité, le lit dont il était interdit de s'approcher…Pas question non plus de participer aux funérailles. Si on posait des questions sur l'absent, on répondait qu'il était parti *au ciel* même si la famille n'avait pas une once de sentiment religieux, les enfants adorent les contes, c'est bien connu et ils auront bien le temps d'être confrontés à la dure réalité !On évitait même parfois de communiquer les nouvelles du deuil d'un proche avec les adolescents. Ainsi, mes parents, sous prétexte de ne pas me gâcher un séjour chez des amis, me cachèrent la mort de ma grand-mère survenue pendant mon absence. Ce fut au contraire pour moi un sentiment d'indicible culpabilité de n'avoir pu assister aux derniers instants de la femme chez qui j'avais vécu mon enfance et d'avoir passé une soirée joyeuse tandis qu'elle était en train de mourir.

Les animaux eux-mêmes n'échappaient pas à l'*Omerta*. La perte de leurs compagnons causerait aux enfants un chagrin que les adultes protecteurs devaient à tout prix éviter. Aussi la disparition d'un animal domestique – du lapin au poisson rouge – passait-elle inaperçue grâce à un subterfuge des parents qui s'empressaient de remplacer le défunt *à l'identique* !

C'était au temps où les adultes qui avaient subi les guerres voulaient éviter à leurs enfants le spectacle de telles atrocités. Ce qu'on ne montrait pas, n'existait pas, n'est-ce pas ? Télévision et réseaux sociaux n'avaient pas encore fait leur apparition... Chacun voyait *midi à sa porte* et ignorait – ou feignait d'ignorer – les horreurs présentes dans le monde entier.

Partir / revenir

Vacances à la mer

Voir la mer… Un rêve de petite fille longtemps resté irréalisé jusqu'à ce que ma famille très modeste fasse l'acquisition d'une voiture d'occasion et qu'on profite des congés payés pour gagner le rivage espéré. Cela ne se fit pas sans peine ni émotion. Le brave véhicule s'échauffa dans les derniers défilés de la route Napoléon et un inquiétant voyant rouge s'alluma. Mon père nous fit descendre ma mère et moi et nous dit qu'il fallait faire reposer la voiture pour que le moteur refroidisse. Cela nous rassura un peu et nous attendîmes en plein soleil que le véhicule veuille bien se remettre à la tâche. Il fallait toujours le ménager et toutes les autres voitures nous doublaient tandis que nous nous traînions à une vitesse d'escargot. Enfin, on arriva au petit meublé qui nous abrita pour une quinzaine de jours. Il y avait tout ce qu'il fallait pour une famille peu exigeante comme la nôtre : un grand lit, un plus petit, une douche et un réduit pour cuisiner comportant un réchaud et un frigo… le luxe, quoi ! Pas question d'aller à la mer avant la fin de l'après-midi à cause de la chaleur. Je m'ennuyais pendant les siestes interminables de mes parents. Enfin, vers dix-sept heures, on sortait. J'étais un peu déçue par l'absence de sable, remplacé par des galets inhospitaliers. Comme je ne savais pas nager, j'étais réduite à batifoler au bord ou à m'allonger sur ma serviette. Le loueur de parasols passait mais c'était trop onéreux pour la bourse familiale : le chapeau suffisait ! Pas de succès non plus pour le vendeur de glaces et autres douceurs. Alors, je rêvais en m'imaginant plus tard, semblable à ces créatures de rêve, bronzées, épilées, luisantes de crème solaire qui se doraient au soleil en lisant les derniers potins des vedettes de cinéma ou les conseils de beauté des magazines. Les transistors avaient fait leur apparition. Évidemment, mes parents n'en n'avaient pas mais comme le son n'était pas occulté par un casque, on entendait les informations : c'est ainsi qu'on apprit la nouvelle de la mort de Marilyn Monroe, nouvelle affligeante pour tous ces gens auxquels la vie des actrices tenait lieu de merveilleux. Le merveilleux, on le trouvait aussi en longeant le soir les terrasses des palaces de la côte. Une fois, on s'agglutina avec d'autres curieux éblouis devant *Le Negresco* où était tourné un film avec Annette Vadim, « aux anges » si l'on avait aperçu seulement le sommet de son chignon blond ! Ce genre de distraction était d'ordinaire méprisé par mes parents, surtout par ma mère qui ne se permettait la lecture de *France Dimanche* que chez le coiffeur et m'empêchait de m'attarder devant les titres accrocheurs des hebdomadaires à l'entrée des bureaux de tabac sur la vie des vedettes du showbiz, mais c'était les vacances et les prescriptions parentales se relâchaient. Cela suscitait des rêves de vie luxueuse chez la fillette d'origine modeste que j'étais et je ne doutais pas de pouvoir les satisfaire le jour où mes études me donneraient un accès à une classe plus favorisée. J'habiterais dans un quartier « chic », l'appartement serait pourvu d'un cabinet de toilette-ou mieux – d'une salle de bains dans chaque chambre (chez mes parents, les sanitaires étaient sur le palier), je fréquenterais les instituts de beauté, de bronzage, de remise en forme..., mon coiffeur serait un capilliculteur qui organiserait savamment ma chevelure sans lui infliger l'éternelle « permanente » dont se dotait ma mère par économie pour espacer les soins ! La pauvreté engendre des appétits consuméristes et je n'y échappais pas.

Mon ambition se formulait non par : « *Plus tard, je serai* » mais par « *Plus tard, j'aurai* »

Retour à la case départ

Le voyage de retour s'effectua sans problème. On aurait dit que notre véhicule connaissait le chemin de son domicile comme un cheval celui de son écurie ! Mes parents se réjouissaient de retrouver

Faut-il qu'il m'en souvienne

un climat plus tempéré, eux qui souffraient de la chaleur du sud et de reprendre des activités, lassés du farniente de la côte. Moi, en revanche, j'étais en proie à une violente nostalgie des rivages marins qui me faisait détester ma région natale que je trouvais aride, parce qu'éloignée des rivages marins de la Méditerranée ou de l'Océan.

Pour s'adonner aux plaisirs de l'eau, on n'avait que peu de possibilités. Une rivière, au nom pourtant plein de promesses : *La Savoureuse*, traversait la ville, asséchée en été, boursoufflée en hiver quand la fonte des neiges alimentait ses flots. Son cours urbain ne se prêtait pas à la pêche. Pour cette activité ou pour la baignade, il y avait quelques étangs à proximité. Ceux-ci n'avaient pas bonne réputation tant à cause du manque de surveillance et d'hygiène que par leur fréquentation douteuse. Leurs bords étaient jonchés de crottes de chiens et de détritus. Les pêcheurs gardaient jalousement leur place, la préservant de toute intrusion de promeneurs bruyants et de jeunes tapageurs. Ils servaient aussi aux suicides dont le journal local faisait ses gros titres.

Donc, il valait mieux se contenter des occupations citadines qui se résumaient pour moi à la rentrée. Je m'engouffrais dans le travail scolaire comme dans un tunnel dont le bout lumineux serait le départ pour de nouvelles *Vacances à la mer*.

DERRIERE LES MURS, L'ESPOIR

Les portes du lycée

Le moment était venu pour moi de franchir une nouvelle étape dans ma scolarité : l'entrée au lycée. Les classes primaires s'étaient effectuées dans mon quartier qu'on disait – parce que proche des usines – puis, à partir de la sixième, il fallait aller au centre-ville pour le lycée situé dans la partie plus *noble* de la ville à proximité des résidences des notables : médecins, avocats et autres professions *libérales* qui habitaient des immeubles cossus. À cette époque, on ne distinguait pas *collège* et *lycée* et les deux cycles étaient réunis dans le même établissement. Quand vint l'entrée en sixième, mes camarades d'école primaire et moi, nous trouvâmes « mêlées » à la cohorte des élèves issues de ces familles qui nous toisaient avec mépris et se moquaient de nos maladresses. Alors que nous cherchions laborieusement nos salles dans le dédale des couloirs elles se dirigeaient avec assurance au bon endroit, familières des lieux car elles avaient fréquenté *Le petit lycée* (on appelait ainsi un bâtiment réservé aux classes primaires qui faisait partie du même ensemble). Cela leur donnait un privilège d'initiées car elles connaissaient même parfois les professeurs dont certains « officiaient » aussi dans les niveaux inférieurs. Elles étaient dotées vis-à-vis d'eux d'un aplomb que nous envions sans pouvoir l'imiter. La timidité nous figeait au point de ne pas oser poser la moindre question par peur du ridicule. Les complexes duraient aux récréations car des bandes se formaient dont nous étions systématiquement exclues. Seule la qualité de notre travail de « bonnes élèves » pouvait un peu rectifier cette image dévalorisante. Mais là encore, c'était plutôt une source de mépris pour des élèves trop dociles, soumises sans esprit critique aux professeurs. Ce ne fut que vers la fin des années de lycée que nous fûmes enfin « adoubées »au rang des fréquentations acceptables !

Faut-il qu'il m'en souvienne

La Voie Royale

Allais-je être enfin appréciée pour ma valeur en choisissant la voie de la préparation aux Grandes Écoles ? Tandis que les filles fortunées allaient se diriger avec insouciance vers la « fac » synonyme de joyeuse vie estudiantine et d'émancipation, j'allais m'enfermer dans une sorte de « couvent laïque » dans l'espoir d'accéder à l'autonomie financière qui soulagerait mes parents et d'avoir une bonne situation à la sortie. Ce que mes professeurs avaient présenté comme *Une Voie Royale* devint dans la bouche méprisante d'une camarade fortunée une forme d'assistanat pour des familles humbles : « Les Grandes Écoles, c'est pour celles dont les familles ne peuvent payer les études, les *« pupilles de la nation »*. Au lieu de défendre cette institution respectable et de faire valoir mon propre mérite, je me réfugiai dans un silence honteux et perdis une partie de la confiance en mon avenir...

Malgré mon palmarès d'excellente élève dans mon lycée d'origine, j'allais devoir « faire mes preuves » en intégrant ces classes prestigieuses. Ce fut à Versailles que je partis suivre cette filière préparatoire à un concours d'enseignement. L'établissement m'avait été conseillé par ma professeure de français qui l'avait elle-même fréquenté. Le lycée de Versailles avait l'avantage de posséder un internat, ce qui n'était pas le cas des lycées parisiens qui n'assuraient pas l'hébergement. De plus il correspondait à mes rêves de petite provinciale en chemin vers Paris.

Paris / Versailles : itinéraire d'une désillusion

Malheureusement, les petites provinciales comme moi avaient du mal à trouver leur place dans ces sections où dominait une élite parisienne. Ces élèves avaient bénéficié de cours « dopés » pour atteindre un niveau supérieur, c'était une sorte de préparation à la « prépa ». Il n'en n'avait pas été de même dans nos lycées de province où il paraissait inutile de renforcer le niveau pour les rares élèves qui voulaient intégrer ces établissements. À l'intérieur de ces « prépas » s'exerçait de plus une discrimination entre *Sèvres* et *Fontenay*, ma section. La première *La Khâgne* (dans le jargon des initiés) était la voie d'excellence pour les études classiques : langues anciennes, philosophie... la seconde, dispensant un contenu plus « pratique » : langues vivantes, sciences humaines, était moins prestigieuse, c'était du reste pour cela que j'avais pu y postuler. Les professeurs nous mettaient sans cesse en concurrence avec les *khâgneuses* pour les enseignements communs et prenaient un plaisir sadique à nous noter en points négatifs ! Je compris – mais un peu tard – qu'il n'y a pas que l'accent, les tenues, qui trahissent les origines modestes et provinciales mais surtout le manque d'aplomb et la timidité. Il aurait fallu au contraire « oser s'affirmer » la confiance en soi étant la clé de la réussite en société. Comme dans la chanson : « *Maintenant, je sais* », combien d'années m'aura-t-il fallu pour parvenir à *m'imposer* !

Les « permissions »

On demandait aux provinciales comme moi d'avoir des correspondants pour nous accueillir aux week-ends et aux petites vacances quand nous ne pouvions pas revenir dans nos familles ; c'était aussi un moyen de veiller sur notre moralité en nous sachant en de « bonnes mains » plutôt que livrées aux tentations parisiennes malsaines. Comme le train coûtait cher, les retours hebdomadaires étaient exclus pour la bourse de mes parents et je me rendais donc en bus ou en train chez l'un ou l'autre de mes correspondants. L'un d'eux était mon parrain. Il était médecin, classe sociale favorisée qui lui avait donné la possibilité d'habiter une banlieue « chic », avec sa femme et sa fille de deux ans, où il se remettait de la fatigue de ses consultations parisiennes. Ces dimanches paisibles ne faisaient guère mon affaire. Étant donnée leur situation, j'avais imaginé qu'ils menaient une vie mondaine et culturelle à laquelle ils m'associeraient. Mais, au lieu des visites d'expositions, des spectacles dont j'avais rêvé, j'accompagnais la morne promenade dans les allées du parc municipal de sa femme tirant la poussette de leur petite fille tandis que le médecin se livrait à une sieste réparatrice. Les commerces du centre commercial – par exemple, un banal *Monoprix* – palliaient les oublis de dernière minute et présentaient dans leurs vitrines une mode bon marché. Rien à voir avec les articles luxueux des grands magasins parisiens qui faisaient rêver la petite provinciale en mal de *Capitale* !

Ce n'était pas plus épanouissant chez mon second correspondant, un grand oncle que j'avais connu autrefois avide de visites culturelles, autodidacte incollable sur les styles de meubles et les événements historiques mais qui, à présent vieilli et asthmatique, se contentait de cultiver son jardin de banlieue et ne mettait plus les pieds à Paris. Je passais donc chez lui mes weekends dans une solitude studieuse en attendant de reprendre le car pour regagner mon internat.

Les fenêtres du dimanche soir

L'internat était à environ deux kilomètres de la gare et il fallait parcourir la longue Avenue de Paris avec ses allées et contre-allées avant d'y parvenir. De l'autre côté de l'avenue, de grands immeubles cossus étaient érigés. J'apercevais leurs fenêtres éclairées à l'heure tardive de mon retour et j'imaginais à l'intérieur une vie aisée avec des enfants s'ébattant joyeusement sans souci pour leur avenir. Ma plus grande frustration se produisait au retour des vacances de Noël. J'apercevais encore le sapin illuminé avec ses boules multicolores et je comparais mélancoliquement avec les célébrations restreintes dans ma famille :pas de frais de décoration somptuaires, de guirlandes luxueuses, de prolongation inutile des « dérangements » domestiques après la date. À quoi bon ? puisque la seule enfant était une jeune fille qui étudiait loin de sa famille et qui n'avait qu'à penser à sa réussite scolaire ! Alors, je continuais ma marche dans l'obscurité de l'allée boisée sous le regard indifférent des phares des automobilistes qui revenaient d'un weekend à la campagne que j'imaginais, bien sûr, idyllique ! Quand j'avais regagné ma petite chambre d'interne, j'attendais avec impatience le retour de ma compagne parisienne qui ne reviendrait que le lendemain matin pour la reprise des cours.

Les retours chez mes parents n'étaient pas plus joyeux. Ma chambre enfantine avait fait place à un studio plus fonctionnel avec canapé et bureau. Je regrettais le lit où s'invitait mon nounours favori et j'aurais préféré continuer à travailler comme naguère dans la cuisine tandis que ma mère s'affairait aux tâches ménagères ; cela me tenait compagnie même si nous évitions de parler à cause de la *priorité* à accorder aux études. Mes parents avaient pris leur parti de mon absence et s'étaient pour ainsi dire réinstallés. Un nouveau meuble pourvu d'une vitrine garnie de bimbeloterie avait remplacé mes étagères de livres enfantins ou scolaires. Je ne me sentais plus chez moi et m'habituais à profiter des avantages de ma résidence scolaire et en particulier de son parc.

Le parc

L'internat disposait d'un parc arboré. C'était agréable à la belle saison d'aller y étudier en plein air sous ses ombrages. C'est là que je vécus mes premiers printemps. Cette expression paraît surprenante mais cela s'explique par le climat contrasté que j'ai connu dans ma région d'origine de l'est de la France. Les hivers y étaient froids et lumineux avec un ciel d'un bleu intense les jours où la bise soufflait... Il n'y avait guère de transition entre cette période de froid vivifiant et la chaleur souvent orageuse de l'été. Le printemps n'existait pour ainsi dire pas L'herbe et les feuilles nouvelles gardaient peu leur coloration vert clair et, sans transition, devenaient vert foncé avant de prendre une teinte jaune, signe de sécheresse estivale puis d'approche de l'automne. À Versailles au contraire, les couleurs étaient pastel et les jeunes feuilles gardaient un certain temps leur vert tendre. Les autres touches printanières étaient apportées par la floraison des magnolias et des buissons de rhododendrons. J'oubliais la rigueur des salles d'étude et la déception de ne pouvoir passer en famille mes moments de temps libre pour aller étudier dans le parc , environnée de senteurs et bercée par le fond sonore des oiseaux en quête de nids. Ce furent les meilleurs souvenirs que je garde de ma période versaillaise.

Ne te retourne pas

J'ai fait la sottise de vouloir retourner un jour voir les lieux de mes études et particulièrement le parc de l'internat. J'eus peine à le reconnaître. L'établissement avait changé de destination. Des plaques de sièges bancaires ou commerciaux signalaient ses nouvelles attributions. La loge du concierge préposé à la vérification de nos autorisations de sortie existait toujours mais était à présent pourvue d'un contrôle automatique des badges des personnels. Évidemment, il n'était pas question pour moi de pénétrer dans ces lieux ! Je me contentai de « guigner » à travers les grilles. J'avais choisi la saison printanière et je m'attendais à revoir en feuilles mes arbres chéris et les parterres en pleine floraison. Mais rien ne rappelait le domaine que j'avais connu. Les allées étaient soulignées géométriquement par une végétation disciplinée. *Mes arbres* avaient été abattus. C'était propre, bien entretenu… et sans âme ! J'ai enfermé mon souvenir dans le coffre-fort de ma mémoire et j'ai rayé à jamais la vision de sa nouvelle apparence. J'aurais dû écouter la petite voix qui murmurait :

Ne te retourne pas !

IMMERSION EN TERRE INCONNUE

Au-delà de...

Qu'y a-t-il au-delà de la Côte de Vecqueville ? Voilà la question que je me posais dans mes dimanches solitaires à Joinville. La rue de la Côte de Vecqueville était celle où j'habitais quand, jeune professeur, j'avais obtenu mon premier poste en 1970 dans ce coin reculé de la Haute Marne. J'avais dû faire face à une première déception, en apprenant que ce Joinville n'était pas le Joinville-(le-Pont), proche de Paris (toujours la fascination de la petite provinciale pour la capitale !) mais Joinville-en-Vallage dont j'ignorais l'existence avant d'y accéder après les interminables vallonnements de la route qui menait de Chaumont à cette paisible localité. Je vécus cette destination comme un exil.

Un premier poste

Je logeais chez l'habitant, en l'occurrence des retraités très « vieille France » dont il ne fallait pas déranger le train-train par des musiques nouvelles ou – pire et de toute façon interdit – des invitations de collègues bruyants. Nous étions plusieurs jeunes professeurs à avoir obtenu une affectation dans cette région reculée. Le premier poste était en effet attribué suivant certains critères : aux célibataires qui ne pouvaient pas justifier d'un rapprochement familial et au « gros des troupes » des admis au concours, qui devaient faire leurs preuves dans cette sorte de purgatoire avant d'accéder à un poste plus prestigieux. La jeunesse n'avait pas bonne réputation auprès de la population attachée frileusement à ses traditions. Elle prêtait aux jeunes une moralité douteuse qui leur faisait enfreindre « les bonnes mœurs ». Les jeunes filles surtout ne semblaient pas se conformer aux préceptes rigoureux qui avaient leurs faveurs dont la sacro-sainte virginité à conserver jusqu'au mariage. La distance à maintenir entre les sexes en était le garant. Or, ne sortaient-ils pas entre « copains » mêlant les deux sexes alors qu'ils étaient à peine majeurs (l'entrée dans l'enseignement pouvait se faire à 23 ans et l'âge de la majorité était encore à 21 ans). Ces braves gens, majoritairement issus d'une bourgeoisie catholique pratiquante, étaient choqués de les voir prendre l'apéritif au café du coin-le seul-au lieu d'aller à la messe du dimanche. Leurs conversations ne pouvaient être que subversives. On frissonnait encore des abominables désordres de 68 ! Certes, par rapport à eux, notre morale était beaucoup plus libérale et nous préférions l'arrière-salle du café à la nef de l'église mais nos rencontres étaient plutôt un moyen d'échapper à la routine des cours, d'échanger nos impressions et de plaisanter sur la sévérité inappropriée du personnel de direction ou sur la mentalité frileuse des habitants. Quelques collègues avaient un véhicule personnel – ce qui était rare à l'époque car la rétribution était peu élevée en début de carrière – et nous emmenaient au cinéma à Saint-Dizier qui faisait figure de ville dynamique au regard de la dormante Chaumont. Aux beaux jours, nous filions à la campagne où nous pouvions pratiquer l'équitation dans un manège rural tenu par les parents d'une collègue qui échappait au snobisme coutumier de cette activité pratiquée d'ordinaire dans des clubs « huppés ». Quand je restais seule, j'allais au bout de la côte de Vecqueville, espérant y découvrir une activité humaine mais il n'y avait rien, à part le hameau qui lui donnait son nom et des champs à perte de vue, des prairies à moutons, des chevaux... Inutile de quitter mon observatoire pour trouver un contact quelconque : le dimanche, les habitants restaient cloîtrés dans leurs fermes. Je n'échappais pas davantage à la morosité quand je rentrais dans ma ville d'origine dans l'est. Un tortillard poussif m'emmenait lentement à Chaumont, s'arrêtant dans toutes les petites stations qui desservaient des communes vivant de la métallurgie en sous-traitance de grandes entreprises ferroviaires ou automobiles. Une fois déclinée la litanie de ces petites gares :

Faut-il qu'il m'en souvienne

Doulaincourt, Bologne..., le train repartait pour Chaumont où, au bout d'une longue attente de correspondance, je pouvais espérer regagner ma destination familiale.

Cet « exil » ne me laisse pas que de mauvais souvenirs. Avec le recul, je pense même que mes débuts dans l'enseignement ont été favorisés par ce contact avec un public majoritairement rural pour lequel *L'Autorité* représentée par le maire, le curé et l'instituteur – ou mieux – le professeur avait encore un sens. Ils étaient donc plutôt respectueux malgré notre jeune âge à part quelques éléments perturbateurs « récupérés » de lycées de villes plus grandes qui s'en étaient déchargés sur cet établissement qui, dans la crainte d'une fermeture par manque d'effectifs, était contraint d'accueillir tout public. Néanmoins les enseignants, en majorité des jeunes – à part quelques « natifs » – ne souhaitaient pas faire carrière dans ce « trou » où ils avaient l'impression d'être aux « oubliettes ». Ils saisissaient toute occasion pour s'en échapper après les trois ans réglementaires de « mise à l'épreuve ».Chacun avait sa recette. Pour les uns, c'était le mariage surtout si on avait mis « la charrue avant les bœufs » (je choisis à dessein une image rurale) une grossesse étant le moyen de demander un rapprochement de conjoint dans une autre région afin de « régulariser ». D'autres, comme moi, préparaient des concours en vue d'obtenir un poste plus prestigieux. Comme nous étions à peine plus âgés que nos élèves, c'était parfois difficile de faire respecter la discipline et le proviseur nous reprochait notre manque de sévérité. Un autre danger nous guettait aussi. On nous mettait en garde contre une trop grande familiarité avec nos « sujets » qui aurait pu déboucher sur des relations ambiguës ou passant pour telles : la tragique « Affaire Russier » (amours interdites entre une professeure et son élève mineur) était encore dans toutes les mémoires et avait fait l'objet d'un film.

Trois ans plus tard...

Au bout des trois ans réglementaires, une mutation me permit de quitter mon ermitage et, nommée en ville, il m'arriva de regretter la docilité de mes élèves ruraux et le respect qu'ils avaient pour leurs enseignants en découvrant l'insolence et la suffisance des petits citadins... Ceux-ci étaient issus de classes sociales plus cultivées et leurs parents n'avaient aucune confiance dans les professeurs débutants, *ces jeunots* qui n'étaient pas toujours capables de faire régner la discipline et qui n'avaient pas une expérience comparable à celle des enseignants chevronnés. Ils ne croyaient qu'aux méthodes anciennes qui avaient *fait leurs preuves* et rejetaient toute innovation due à ces *soixante-huitards* qu'ils méprisaient.

Voilà donc ce que je découvris au-delà de *La Côte de Vecqueville*. Une autre page de ma vie s'annonçait... Il serait vain d'idéaliser toujours ce qu'on a quitté et de dénigrer ce qu'on va trouver. La vie n'est pas un éternel retour mais une éternelle découverte !

LA GRANDE MAISON INHABITABLE

Une maison à soi

Jeune mariée, j'étais enthousiaste à l'idée de m'installer avec mon époux dans une maison et non dans un appartement impersonnel comme celui que j'avais connu dans ma jeunesse. Ce ne fut qu'un modeste pavillon dans un lotissement proche de la ville où nous avions, mon époux et moi, obtenu un « poste double » en début de carrière dans le professorat. Le quartier lui-même était nouvellement créé et il fallait de l'imagination pour se projeter dans l'aménagement de coquettes résidences agrémentées d'espaces verts. Qu'importe, nous étions jeunes, pleins d'ardeur et de projets ! A la place de la friche de terre glaise à l'arrière de la maison, nous voyions déjà un potager fécond qui fournirait nos légumes. Sur le devant, la pelouse (enfin, l'herbe jaune qui en tenait lieu) s'ornerait de plates-bandes fleuries. Les clôtures latérales garnies d'arbustes fruitiers nous protégeraient des regards des voisins tout en fournissant des baies pour les confitures. Il fallut être patient pour l'éclosion de ces rêves agrestes. Quand les diverses plantations se mirent à produire – à la sueur de notre front, nous qui étions jardiniers peu expérimentés et mettions beaucoup de temps pour un piètre résultat- nous fûmes tout à coup en surproduction et, à défaut de moyens d'écoulement ou de partage (les voisins, jeunes aussi, étaient dans le même cas et nous n'avions pas de famille sur place), nous fûmes amenés à réduire nos ambitions potagères.

Pour les aménagements intérieurs, nous cédâmes aussi aux modes de l'époque. La salle à manger fut pourvue d'une cheminée pour soirées au coin du feu et repas à l'âtre, le salon, d'un bar pour l'apéritif. Les équipements étaient en place mais les convives n'étaient pas au rendez-vous. Famille et amis se faisaient prier pour venir dans cette région septentrionale qui manquait d'attraits. Ils ne nous rendaient visite que lorsqu'ils étaient de passage sur la route de leurs vacances. Dans le quartier lui-même la convivialité ne s'était pas encore établie, chacun de ces jeunes ménages était d'abord préoccupés de leur propre installation : recherche d'école pour les enfants, trajets pour le travail... Mais le plus dur pour nous était le vide de pièces plus intimes, en particulier la chambre qui serait destinée à un enfant... que nous n'avions pas encore ! C'est pourquoi la *grande maison* nous parut bientôt *inhabitable*.

De plus, sa situation dans ce quartier neuf aux routes encore peu viabilisées, rendait les trajets entre mon collège et notre maison particulièrement pénibles en hiver. La perspective de retrouver une maison silencieuse après l'agitation d'une journée de classe auprès d'élèves parfois turbulents ne m'apparaissait pas comme un retour au calme bénéfique mais comme une intolérable coupure du monde.

Lorsque l'enfant paraît

Tout changea *lorsque l'enfant parut*. La maison était toujours silencieuse mais elle n'était plus vide, le petit oiseau chéri était dans son nid, bien au chaud et bien protégé. La chambre d'enfant reçut un équipement joyeux de petits meubles et de jouets. À l'extérieur, un portique prit place dans le jardin. Des relations s'établirent entre les voisins : conduite à l'école, jeux dans les jardins... Les mamans bavardaient entre elles, les familles se fréquentèrent. Toute une vie de quartier se mit en place : il y eut des *fêtes des voisins*, des réunions de fin d'année scolaire... Ce furent des années heureuses.

Mais, les enfants grandirent, partirent faire leurs études au lycée, puis à l'université. La population changea. Certains déménagèrent, d'autres arrivèrent. Les nouveaux habitants n'étaient parfois que de passage, quand c'étaient des jeunes lors d'une étape dans leur vie professionnelle. Des retraités vinrent chercher le calme dans ce quartier excentré. Mais nous n'avions ni l'âge des premiers, ni celui des seconds et nous nous sentîmes bientôt isolés.

Adieu à la grande maison ...

 Notre *grande maison* se trouva elle aussi dépeuplée après le départ de notre fils pour ses études. Le changement s'était fait peu à peu. La chambre d'enfant que nous avions aménagée nous-mêmes avec son mobilier-nain et ses tapis de jeux avait été transformée en chambre d'adolescent avec bureau pour le travail scolaire et étagères à livres. Nous nous étions habitués à voir un *sens interdit* placardé sur la porte et à entendre les échos sonores de ses disques préférés. Qu'importe le désordre et les bruits qui étaient le signe de sa présence ! *IL* était *là* avec sa musique, ses copains, ses occupations... Quand le départ arriva, le silence et le vide de sa chambre devinrent insupportables et nous quittâmes *La grande maison* redevenue *inhabitable* pour un appartement en ville. Une nouvelle étape dans notre vie s'annonçait. Il nous faudrait changer nos occupations champêtres pour des loisirs citadins mais aussi recréer des liens sociaux. Nous allions vivre dans un grand immeuble où nous serions *les nouveaux*. À nous de faire connaissance avec les voisins et de rendre *habitable* notre nouvelle résidence !

Miroirs du temps

Messagers muets

Changements de décor

Le choix du mobilier est un révélateur de nos goûts mais aussi un témoin de l'évolution de nos conditions de vie. Jeune couple dans les années 70, nous avons suivi la tendance : ameublement d'inspiration « nordique » type *IKEA* réputé pour son confort et son coût modéré. Les lignes étaient dépouillées, les couleurs claires, le bois, du teck ou plus souvent du pin. Puis, on se lassa de ces meubles totalement impersonnels et, grâce à de meilleures ressources, on se tourna vers des copies de style, du « pseudo-ancien » traité dans des bois plus nobles: palissandre, acajou... Néanmoins, c'étaient toujours des meubles auxquels on ne s'attachait pas et qu'on changerait sans état d'âme si on s'en lassait. Il fallut attendre des legs consécutifs aux deuils qui dépeuplaient les membres âgés de la famille pour accueillir de nouveaux « occupants », porteurs d'une charge affective car ils témoignaient de la vie de personnes chères qui les avaient possédés... Ainsi, j'héritai d'un bureau Henri II fabriqué par un aïeul, d'une bibliothèque garnie de livres reliés dédicacés à un parent ou un ami, de cadres de photos de groupe *La classe* [12] rappelant l'année de l'enrôlement militaire d'un grand-père... Les objets étaient souvent dépareillés, le bureau à colonnettes rebelle à l'époussetage, les livres presque illisibles par le jaunissement mais adressés à une fille bien-aimée et reliés de la main du grand-père dont c'était le passe-temps. Qu'importe ! le côté sentimental l'emportait sur l'esthétique et le fonctionnel et j'eus à cœur de conserver ces objets d'abord dans l'appartement lui-même puis au grenier qui devint dépositaire de souvenirs familiaux.

Faut-il qu'il m'en souvienne

Pièces de rechange

La destination des pièces a varié également au cours du temps. Après le départ du fils, pour ses études, puis pour fonder son foyer, la *chambre du fils* devint « chambre d'amis » puis elle retrouva sa première destination de chambre d'enfants quand elle accueillit nos petits-enfants de passage dans la région pour les vacances. Les lits se transformèrent en trampolines, de petits habitants en peluche se cachèrent sous les couettes, des jouets jonchaient le plancher, des rires ou des pleurs s'échappaient des lieux ! Mais les petits-enfants devinrent à leur tour adolescents puis adultes et la pièce reprit sa fonction de *chambre d'amis*...

Objets migrateurs

Le même souci de conserver des témoins de moments qui nous sont chers s'applique aux objets. Photos de mariage, portraits d'ancêtres ou d'enfants animent les murs des pièces intimes. Sur les étagères ou dans les vitrines du salon, des bibelots parfois sans valeur autre que sentimentale sont exposés. Ils ressuscitent des souvenirs de voyage ou témoignent de liens amicaux. Un *Phénix en jade* rappelle un voyage en Chine et nous ouvre à une civilisation si différente de la nôtre. Des *Trolls* rapportés de Norvège renouvellent les légendes à raconter aux enfants. Des statuettes en bois de musiciens cubains, nous transportent dans les rues pétillantes de musique de Cuba et on croit entendre le son des *guiros* et des *congas*... Des amis éloignés sont présents par leurs cadeaux : *Un bonhomme casse-noix* offert par des amis Allemands fait revivre un séjour hivernal passé avec eux, les senteurs de jasmin qui se dégagent d'une bougie restitue la présence d'une amie cambodgienne.

Les objets sont parfois sujets à migration. Certains sont « déclassés » parce qu'ils ne correspondent plus au vécu actuel de la famille. Le grenier les accueille dans l'attente parfois d'un retour d'exposition comme on fait pour les « réserves » des musées.

Les photos de lointains ancêtres, les livres qu'on ne lit plus, les jouets qui ne correspondent plus à l'âge des enfants... sont stockés là. C'est une sorte de jardin du souvenir qui perpétue l'histoire de la famille. Certains retrouveront un jour une seconde vie comme les jouets qui feront peut-être le bonheur d'une autre génération !

Miroirs du temps

Ainsi, lieux et objets se transforment au gré du temps. Ils reflètent le parcours des personnes qui les ont habités ou possédés.

Libre à nos descendants de poursuivre ou non cette transmission

RETOUR A L'EXPEDITEUR

Injoignable

Comme chaque année, j'avais adressé mes vœux à l'ancienne voisine de mes parents avec laquelle j'avais conservé des liens depuis ma jeunesse mais cette fois-ci, ma carte me revint avec la mention : *destinataire inconnu à cette adresse*. Je passais dans ma région d'origine à l'occasion de la Toussaint pour fleurir les tombes et je lui faisais une courte visite. Beaucoup de temps s'était écoulé, marqué par les départs des enfants, les mariages, les naissances... et les décès. Elle me donnait des nouvelles de ses enfants que j'avais connus dans ma jeunesse et, en retour, je lui en donnais de ma famille. *La prochaine fois, je te montrerai des photos*, m'avait-elle promis.

La prochaine fois...

Il n'y eut pas de prochaine fois en visite *directe* car la vieille dame n'était pas chez elle. Elle souffrait d'arthrose et faisait un séjour dans un centre de soins à l'entrée de l'automne. Nous dûmes nous contenter dorénavant de nos échanges épistolaires à l'occasion de la nouvelle année. Je regrettais cependant nos conversations car la voisine était une vraie *gazette* et, grâce à elle, je suivais le cheminement des générations. Ceux que j'avais connus enfants étaient maintenant parents, la vieille amie était veuve et sur le point de devenir arrière-grand-mère. Tous les souvenirs de ma propre jeunesse affluaient, que de *bons souvenirs* car embellis par le temps et l'aura des jeunes années. Je revoyais mes jeux avec *les petites*, ses filles. Moi, plus âgée, j'étais *La grande* ce qui me donnait une autorité flatteuse sur les plus jeunes et la confiance des parents. Au moment du goûter, un panier descendait au bout d'une corde du premier étage (celui de la voisine) jusqu'à la cour et nous nous régalions de gâteaux et autres douceurs sans avoir à quitter notre espace de jeux. Le dimanche, une invitation parvenait par le même *canal* et mes parents et moi étions conviés à partager une ballade à la campagne dans la vieille 201 (elle avait hérité ce véhicule de ses parents et en faisait profiter les miens qui, eux, n'avaient pas de voiture). Peu à peu, l'éloignement se produisit. Les enfants et moi-même avions quitté la région d'abord pour les études, puis pour le travail et la fondation de nouvelles familles. Des faire-part permirent de suivre le parcours des uns et des autres mais nous finîmes par nous perdre de vue... sauf avec l'aïeule lors des visites de la Toussaint et du courrier de fin d'année...

Retour à l'expéditeur

Quelle ne fut pas ma déception quand je vis revenir ma carte annuelle. Que s'était-il passé ? La vieille dame était-elle partie en maison de retraite ou – pire – *partie* (cet euphémisme pour la mort). Je me reprochais de n'avoir pas gardé de liens avec ses enfants qui auraient pu me donner des nouvelles mais, chacun avait fait sa vie ailleurs et la distance ne facilitait pas les échanges. Ils avaient sans doute oublié cette ancienne voisine plus âgée qu'eux qui avait quitté la région. Grâce aux informations que m'avait fournies mon amie sur son entourage, j'essayai d'établir quelques contacts mais mes recherches n'aboutirent pas. Nous étions devenus des inconnus les uns pour les autres. Après ces échecs, je renonçai à rechercher des traces de ce passé. C'était peut-être mieux ainsi, cela m'évitait de l'imaginer vieille femme, déformée par l'arthrose, immobilisée sur un fauteuil. Je garderais d'elle l'image de la jeune femme épanouie dans sa beauté, toujours dynamique et enjouée. Ses robes claires, son rire éclatant, sa voix chaleureuse me restent en mémoire. Il suffit de l'évoquer pour que ressurgissent les journées gaies et insouciantes de nos *virées* en 201 ! La mémoire est un formidable *Musée* pour y déposer les moments heureux de notre jeunesse ! Ils y restent figés dans leur état initial sans que le temps ait prise sur eux.

LE JOUR OU...

Maman, ma petite fille...

Ma fille, j'ai peur...Ce furent les ultimes paroles de ma mère au téléphone depuis l'hôpital où elle vivait ses dernières heures. Cet appel à l'aide, cette voix blanche n'étaient pas seulement dus à la peur de la mort. J'avais connu une mère autoritaire, confiante dans ses principes hérités d'une éducation surannée. Épouse trompée, elle n'avait que méfiance pour la gent masculine et m'abreuvait d'avertissements sur les dangers que courait une jeune fille. Elle-même déplorait sa condition de femme au foyer et reporta sur moi ses aspirations féministes en m'encourageant à faire des études qui me procureraient un métier et l'indépendance financière. Quand je fus devenue à mon tour épouse et mère, elle continua à dispenser des conseils sur l'éducation des enfants et l'autorité des parents. Elle sentait bien que je ne l'écoutais pas et s'enfermait dans une froideur réprobatrice, pensant avoir en moi une fille indigne. Nos rapports s'étaient dégradés car je refusais qu'elle s'immisce dans ma vie personnelle et l'éloignement géographique de mon foyer contribua à nous couper l'une de l'autre. Toujours fidèle à ses principes, elle poursuivit sa vie d'épouse « rangée » jusqu'à la mort de mon père puis, après une période consacrée au respect des convenances, elle lâcha la bride à ses aspirations refoulées : le temps était venu pour elle enfin de « s'émanciper » ! Le milieu associatif était bien pourvu pour les personnes de son âge en occasions de rencontres, séjours de vacances et autres distractions. Elle n'était pas la dernière à s'amuser, à danser, à se laisser « courtiser » voire à « chiper » sans scrupule le compagnon attitré d'une autre. Elle ne s'attachait pas pour *ne pas souffrir*, appréciant seulement dans ce compagnonnage les services rendus : porter ses cabas, se promener avec elle... Dans toute cette période, elle ne chercha pas à se rapprocher de moi. Mais peu à peu, les déficiences de l'âge la tinrent éloignée des lieux de rencontre collectifs. Elle se replia sur elle-même et sur moi, sa seule famille. Je vécus d'abord ce rapprochement comme un devoir d'une fille envers sa mère, conformément à l'éducation que j'avais reçue, puis je m'aperçus que des sentiments nous liaient. La maturité m'avait rendue plus compréhensive et je n'avais plus à craindre qu'elle m'abreuve de ses conseils. La situation s'inversait plutôt. Elle me consultait pour tout, des sujets les plus insignifiants aux plus graves. Par exemple, à propos de sa coiffure, elle m'interrogeait:

– Crois-tu qu'il faut continuer à colorer mes cheveux ? Je n'ai plus à plaire, plaisantait-elle.

– Mais oui, maman, on croirait ta couleur naturelle et ainsi tu parais toujours jeune !

Ou quand elle hésitait sur le choix de ses vêtements, elle me demandait conseil :

– Je prends cette veste en gris ou en rouge bordeaux qu'en penses-tu ?

– Maman, à présent, on ne s'habille plus en noir dès qu'on a atteint la soixantaine. Choisis la couleur la plus vive !

– Cette robe est peut-être trop courte ?

– Allons, ce n'est pas une mini-jupe, la rassurais-je en plaisantant.

Elle avait besoin aussi de retrouver des occupations maintenant qu'elle ne bénéficiait plus des offres des associations. Je devins sa conseillère en lecture. Dans ce domaine, nous retrouvâmes des affinités oubliées. C'était elle qui m'avait donné le goût des livres en m'ouvrant la riche bibliothèque de mon grand-père. Évidemment, il n'était pas question de lire n'importe quoi. La censure s'exerçait pour les ouvrages qui n'étaient pas convenables pour les jeunes filles et j'étais limitée aux Delly, aux Dumas… C'étaient les romans qu'elle avait lus elle-même dans sa jeunesse, et, n'ayant pas poursuivi sa scolarité jusqu'au bac, elle n'avait pas étendu ses choix à d'autres ouvrages. Quand mes études de lettres élargirent mon champ de lectures, ce fut à moi de lui faire découvrir des écrivains que nous devions étudier. Son éducation puritaine avait laissé des traces et elle était choquée que des auteurs aussi *subversifs* que Zola, Stendhal ou Maupassant fussent mis à notre programme !

À présent, elle était trop âgée pour goûter aux « grands ouvrages » classiques ou contemporains dont la langue et le propos n'étaient pas accessibles pour elle. Je lui choisis donc des romans faciles à lire où tout finit bien pour les *Bons* tandis que les *méchants* sont punis comme dans les contes enfantins.

Maman était devenue *ma petite fille*.

Le jour où

Le jour où...je reçus ce dernier coup de téléphone : *Ma fille, j'ai peur*, je compris qu'il ne s'agissait pas d'un simple besoin d'être rassurée mais d'un appel au secours pour ne pas mourir seule. Malheureusement, je ne pus y répondre à temps, car le voyage vers son hôpital, situé dans une autre région que mon domicile, prenait plusieurs heures. Avoir manqué ce dernier rendez-vous me laisse un goût de remords ou de fatalité selon les ballottements de ma conscience.

Père et fille

Un autre coup de téléphone avait bouleversé ma vie quelques années plus tôt.

Au bout du fil, la voix affolée de ma mère :

« Ton père est à l'hôpital ».

Cet appel faisait suite à des signes avant-coureurs dont, par inconscience ou par déni, nous avions minimisé l'importance. Le *champion du volant* qui maniait son véhicule avec une dextérité remarquable avait heurté un poteau et endommagé la carrosserie. Le « bricoleur » qui savait réparer toutes les petites défaillances domestiques sans qu'on eût besoin de faire appel à un spécialiste, avait cassé une conduite d'eau en essayant de colmater une fuite. Pour la première fois, ma mère avait dû faire venir un ouvrier qualifié... Toutes ces petites défaillances étaient les indicateurs d'un état général qui se dégradait. La cause (un cancer du cerveau) fut détectée et commencèrent des soins qu'il avait pu recevoir jusqu'à présent à domicile. Cette alerte marquait donc une nouvelle étape dans la gravité de son état. Pour la première fois, il devait être soigné à l'hôpital.

Ce n'était que le début d'une longue série de départs qui alternèrent avec des retours au foyer où, à chaque visite, il apparaissait de plus en plus diminué. Qu'était devenu le père grand et fort que j'avais connu quand j'étais enfant ? En vacances, lorsque nous nous aventurions à la découverte d'un quartier isolé, sa stature me rassurait : si on nous agressait, il n'y avait rien à craindre, il ferait fuir le malfrat ! À l'extérieur de la famille, il passait pour *un bel homme* au risque d'exciter la jalousie de ma mère. À présent, on devait feindre de ne pas remarquer sa métamorphose en un vieillard chauve et amaigri, frileusement blotti dans un fauteuil qu'il ne quittait plus guère. Il fallait le rassurer hypocritement, signaler une encourageante repousse de cheveux, plaisanter sur le bronzage des rayons qui lui donnait l'air d'un vacancier.

Ma fille, mon espoir, mon ambition

Je repensais au rôle qu'il avait joué auprès de moi dans ma jeunesse. Je lui étais reconnaissante d'avoir réussi à refouler *le machisme* dans lequel il avait été élevé et sa déception sans doute de

Faut-il qu'il m'en souvienne

n'avoir pas de descendant *mâle* pour me donner la possibilité de faire des études et de devenir une femme indépendante. Tout ceci était contraire aux préceptes de soumission féminine qu'on lui avait inculqués. Cela lui permettait aussi de vivre en quelque sorte par procuration à travers sa fille. Il avait reporté sur moi tous ses espoirs et son ambition. Il me voyait occuper des postes prestigieux, mener un train de vie luxueux bref d'avoir tout ce qui lui avait été refusé à lui qui avait dû travailler de bonne heure, soutien de famille d'une mère veuve aux revenus modestes, chargée de trois enfants dont il était l'aîné. Cependant il craignait aussi qu'ayant gravi un échelon dans la société, j'eusse honte de lui. Aussi faisait-il tout pour paraître au-dessus de sa condition au détriment parfois de son honneur. C'est ainsi qu'il cherchât à se faire bien voir de ses chefs ne participant pas aux grèves et fut rejeté comme « jaune » par ses compagnons de travail syndiqués. Quand mon allocation d'élève-professeur dépassa sa paye, c'est moi qui eus scrupule à en dévoiler le montant mais je finis par répondre à ses sollicitations et constatai avec surprise que, loin de l'humilier, cela renforçait son orgueil paternel. N'avait-il pas contribué à cette réussite en s'imposant des sacrifices pour financer les études de *sa* fille (le possessif soulignait sa qualité de géniteur) ?

L'art d'être grand-père

Une autre source d'épanouissement fut la naissance de son petit-fils. Il voulut prodiguer à ce petit être tous les plaisirs dont lui-même avait été privé dans son enfance. Il fallait même le modérer pour qu'il ne soit pas trop *grand-papa gâteau*. Mais les gâteries matérielles, n'étaient qu'un aspect de son *art d'être grand*-père : il inventait des jeux, des tours de magie, montrant une patience infinie dans le partage de ces occupations enfantines qui pèsent souvent aux jeunes parents tournés vers leurs préoccupations d'adultes au travail. Lui-même était impatient d'être en retraite pour avoir encore davantage de temps libre à consacrer à son petit-fils.

Malheureusement, la retraite coïncida avec des problèmes de santé qui allèrent en s'aggravant *jusqu'au jour où...*

Le jour où

Un jour, nouveau message de ma mère :

« Ton père est dans le coma »

Ce fut la dernière visite à l'hôpital. Sentit-il ma présence ? J'en fus convaincue en voyant des larmes perler au bord de ses paupières closes. Une infime mais réelle communication s'était établie entre nous avant le suprême black-out...

Et puis ce fut le retour de l'hôpital à son domicile, le corps emballé comme dans un papier cadeau d'une housse dorée. Après une préparation adaptée, la chambre fut en état d'accueillir son occupant silencieux qui avait repris son aspect humain, une fois le *déballage* accompli.

La chambre était fleurie ce jour-là

...mais les fleurs n'avaient pas pris place dans des vases. Les bouquets étaient disposés sur le pourtour du lit paré comme pour une exposition. C'était toi qui en étais la vedette, pâle entre les fleurs colorées qui répandaient leurs effluves entêtants sans affecter tes sens endormis à jamais. Tu reposais à même le drap dans un costume de ville inattendu pour une sieste d'après-midi. Mais ce n'était pas une sieste et cette couche d'apparat n'était que la préfiguration du drap minéral de la sépulture orné lui aussi de fleurs le jour de l'enterrement.

Toute vie semblait s'être retirée de cette chambre silencieuse aux volets clos. Le réveil lui-même était arrêté curieusement à 4 heures du matin, l'heure où ton cœur avait cessé de battre.

Tu t'en es allé

Au creux d'un bel été

La chambre était fleurie ce jour-là

Les fleurs sont coupées mais la terre garde les racines

Vienne la nuit sonne l'heure

Les jours s'en vont je demeure

Guillaume Apollinaire *Alcools*

SOMMAIRE

MEMEE 5
   Chez Mémée 5
   L'armoire comtoise 8
   Sens dessus dessous 9
   Le sac à pièces 10
LA HOUILLOTTE 13
   Jardin et dépendances 13
   Dans la maison 14
UNE PARTIE DE CAMPAGNE 17
   Un dimanche à la campagne 17
   Scènes de la vie ordinaire 19
LES SUJETS TABOUS 21
   L'argent 21
   Le corps 21
   Écoles de filles 26
   Silence de mort 28
PARTIR / REVENIR 31
   Vacances à la mer 31
   Retour à la case départ 32
DERRIERE LES MURS, L'ESPOIR 35
   Les portes du lycée 35
   La Voie Royale 36
   Paris / Versailles : itinéraire d'une désillusion 36
      Les « permissions » 37
      Les fenêtres du dimanche soir 38
      Le parc 39
      Ne te retourne pas 40
IMMERSION EN TERRE INCONNUE 41
   Au-delà de... 41
   Un premier poste 41
   Trois ans plus tard... 44

Faut-il qu'il m'en souvienne

LA GRANDE MAISON INHABITABLE	45
Une maison à soi	*45*
Lorsque l'enfant paraît	*46*
Adieu à la grande maison ...	*47*
MIROIRS DU TEMPS	49
Messagers muets	*49*
Changements de décor	*49*
Pièces de rechange	*50*
Objets migrateurs	*50*
Miroirs du temps	*51*
RETOUR A L'EXPEDITEUR	53
Injoignable	*53*
La prochaine fois...	*53*
Retour à l'expéditeur	*54*
LE JOUR OU…	55
Maman, ma petite fille...	*55*
Le jour où	*57*
Père et fille	*57*
Ma fille, mon espoir, mon ambition	*58*
L'art d'être grand-père	*59*
Le jour où	*60*
La chambre était fleurie ce jour-là	*60*